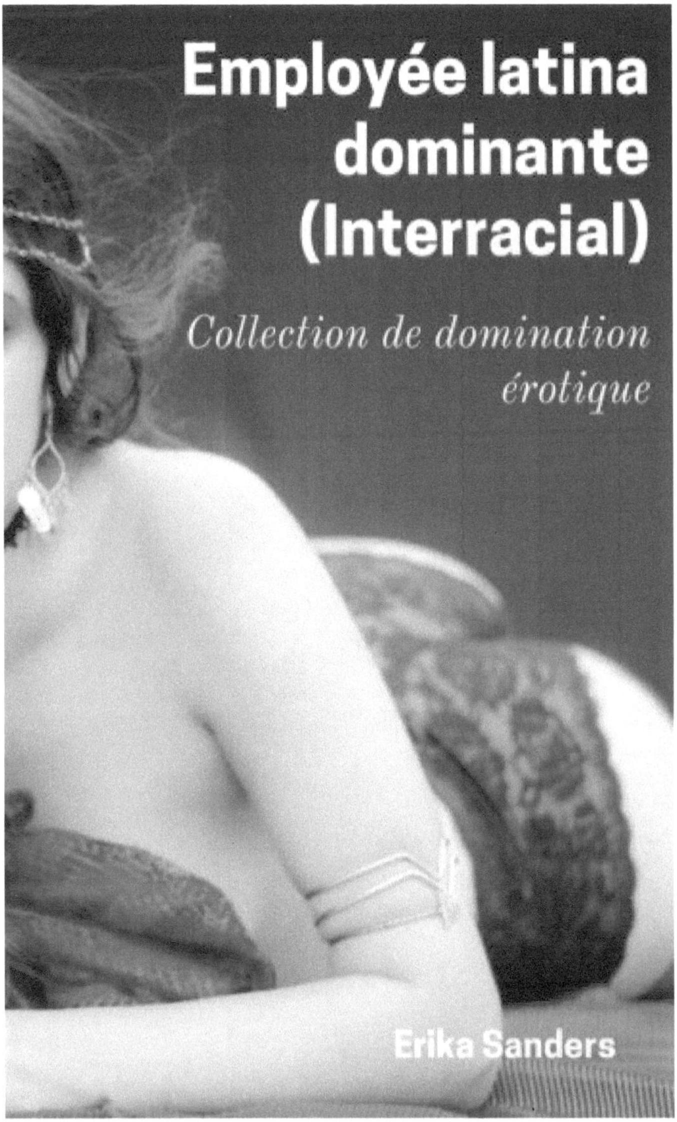

Employée latina dominante (Interracial)

Collection de domination érotique

Erika Sanders

Titre

Employée latina dominante

(Interracial)

Pour

Erika Sanders

Série

Collection de domination érotique

Première édition: septembre, 2020

Sites Web de l'auteure:
https://twitter.com/ErikaSanders98
https://www.instagram.com/erikasamanthasanders/

Email du contact:
erikasanders98@gmail.com

Synopsis

Patrick possède une boutique de yaourt glacé où travaillent plusieurs employés.

Parmi ces employés se trouve une jeune femme mexicaine, Katy, avec qui Patrick a fantasmé à plusieurs reprises.

Un jour, alors qu'ils attendent des clients, une conversation jamais prévue ou attendue par Patrick survient ...

Employée latina dominante est un roman à fort contenu érotique BDSM et, à son tour, un nouveau roman appartenant à la collection Erotic Domination, une série de romans à forte teneur en BDSM romantique et érotique.

Remarque sur l'auteure

Erika Sanders est une écrivaine internationale bien connue qui signe ses écrits les plus érotiques, loin de sa prose habituelle, avec son nom de jeune fille.

Pages Web de l'auteure:
https://twitter.com/ErikaSanders98
https://www.instagram.com/erikasamanthasanders/
Email du contact:
erikasanders98@gmail.com

EMPLOYÉE LATINA DOMINANTE POUR ERIKA SANDERS

CHAPITRE 1

Une pluie printanière a frappé le parking, abaissant la température à un nouveau plus bas.

À l'intérieur du magasin de yaourts à la crème glacée, Katy a partagé l'une des tables rondes avec son patron, Patrick Adams, attendant les clients qui savaient qu'il serait rare qu'ils se présentent à cause du mauvais temps de l'après-midi.

Les nuages d'orage sombres ont activé les capteurs électroniques des feux du parking, éclairant ainsi l'obscurité extérieure.

À l'intérieur de la tente bien éclairée, Patrick sourit à la légère rougeur sur les joues de Katy.

"WOW, qu'est-ce que tu lis qui peut te faire rougir?"

"Porno," répondit Katy, le regardant directement, même si ses joues étaient rouges d'embarras.

Quand Patrick a ri, il a vu son embarras s'estomper alors que ses yeux se plissaient.

"Qu'est-ce qui est si drôle à ce sujet?"

Patrick a réfléchi par où commencer à énumérer les choses amusantes de sa réponse.

Katy Gonzales avait tout ce qu'il fallait pour être très innocente.

Son air joyeux correspondait à sa peau et ses cheveux foncés, ses yeux noirs et des taches de rousseur sur l'arête de son nez.

Il l'a embauchée parce qu'elle était joyeuse et une très belle mexicaine et c'était ce que les clients de la région aimaient.

Rapide et intelligente, elle riait facilement et traitait les clients les plus grossiers avec une patience qu'on n'attendrait pas d'un jeune de vingt ans.

Il a une fois essayé de lui donner une place d'invité dans l'un de ses fantasmes.

Caressant sa bite dure, il est venu imaginer ses seins nus avant d'abandonner et de la remplacer par quelqu'un d'autre.

Katy Gonzales était trop belle pour jouer dans l'un de ses délices masturbatoires.

"Eh bien, comment tu as rougi," dit-il.

"Alors, que portez-vous quand vous le faites vous-même? Probablement des vidéos, non?"

"Habituellement," dit-elle, se demandant si ses joues devenaient roses aussi. "Alors, quel genre de choses lisez-vous, des romances érotiques?"

"Hé, tu n'es même pas proche. Dis-moi quel genre de porno tu aimes regarder et je te dirai ce que j'aime lire."

Compte tenu de son état, Patrick sentit une émotion sur ses genoux lorsqu'il s'imagina dire la vérité.

Il ne le ferait pas.

En aucune façon.

"Les trucs habituels," se couvrit-il de ça, gagnant une autre sorte de regard d'acier de sa part. "Sérieusement, et seulement d'homme à femme. Maintenant c'est à vous."

Sa réponse le surprit.

"BDSM dur principalement érotique".

Quand Patrick a recommencé à rire, il a gagné un autre regard acéré, mais il ne pouvait pas s'en empêcher.

L'idée de cette fille douce et innocente lisant quelque chose de dur était assez amusante en soi, mais BDSM?

Il lutta pour arrêter de rire.

"Je suis désolé. Je ne sais juste pas, je ne m'attendais pas à cette réponse." Katy ne semblait pas blessée par son rire, elle avait l'air en colère. Sa joie s'est évanouie. "Alors, quelle est l'attirance que cela a pour vous?"

«Gardez le contrôle», dit-il. "Incitez les gens à faire les choses que je veux."

Patrick rit à nouveau.

Il aimait la personnalité de Katy, mais c'était son éthique de travail qui pouvait s'améliorer.

Elle était paresseuse, elle n'a jamais montré un seul trait de leadership.

"Comme quoi ?"

"Tout. N'importe quoi," répondit Katy avec un haussement d'épaules. Des choses plus étranges, mieux c'est. Il y avait un regard lointain dans ses yeux alors qu'il regardait un point sur le mur juste au-dessus de son épaule.

Elle frissonna.

"Je pense que ce serait bien d'avoir une vraie esclave sexuelle."

"Eh bien, faites-moi savoir quand vous accepterez les candidatures de vieillards dans la quarantaine."

Une fois de plus, sa réponse le surprit.

«Vous vous offrez ?

Patrick a considéré la belle brune mexicaine pendant un long moment.

Pourrait-elle être sérieuse ?

"Et si vous ne plaisantez pas ?" Il a demandé.

"Et si je ne suis pas M. Adams ? Voulez-vous vraiment être un outil sans droits, forcé de m'adorer sans promesse de libération et de satisfaire tous mes désirs, aussi malades ou tordus soient-ils ?"

Il soutint son regard avant de rire.

"Maintenant qui est le joker ?"

«Montre-moi», dit-elle, sans jamais sourire.

"Montrer que ?"

"Vous m'avez entendu. Si vous voulez faire ça, alors faisons-le. Montrez-moi. Juste ici. Maintenant."

"Tu deviendrais fou si je le faisais."

"Non, je ne le ferais pas. Mais je t'aurais accepté à mon service."

«Que voulez-vous dire par « serait » ?»

Elle lui tapota la main.

«Les esclaves doivent être forts, M. Adams.

"Tu dis que je suis faible?" s'enquit-il, se demandant à nouveau si c'était un jeu.

"Je dis que vous n'êtes pas fait pour une vie de service et que vous venez de le prouver."

"Demandez-le moi encore."

"Mauvaise réponse," rit-il.

Il lui fallut un moment pour comprendre pourquoi c'était mal.

«Je suis désolé,» dit-il, réalisant que ce n'était pas à lui de lui demander quoi que ce soit.

"Merci, c'est mieux," reconnut-il.

Inclinant la tête sur le côté, elle y réfléchit un instant avec un demi-sourire sur le visage.

"Cela devient difficile pour moi et nous pouvons réessayer."

Patrick sentit sa volonté s'estomper.

Elle avait acheté un abonnement au gymnase dans l'espoir de rencontrer des femmes de plus haut calibre.

Pendant trois mois, il a travaillé sur son corps d'âge moyen.

Resserrer et tonifier son corps d'une manière que la version de la vingtaine n'avait jamais eue.

Fier de son nouveau corps, il devenait frustré chaque fois qu'il passait du temps avec une autre femme de son âge.

Il méritait mieux, mais trois mois après l'avoir fait, il était fatigué.

En regardant le devant de son pantalon de travail kaki, il remarqua les débuts d'une érection.

"Tu sais que je vais vraiment faire ça, non?"

"J'attends ça avec impatience," dit-elle, souriant alors que ses yeux clignotaient vers son entrejambe.

«Tu veux aller dans la pièce du fond? demanda-t-il, sentant son érection atteindre des longueurs acceptables.

"Non. Ici. En ce moment. Lève-toi, enlève ton pantalon et montre-moi. Si tu n'es pas coriace, l'affaire est conclue."

"Et si je le suis?"

Penché par-dessus la table, il posa son menton sur sa paume et soutint son regard.

"Alors il est temps pour toi de jouer pour moi. Maintenant montre-moi, salope."

Du côté de la descente des années 40, il était trop vieux pour cela.

Il savait mieux que quiconque.

Il risquait sa réputation et son travail.

Au début de la vingtaine, Katy était trop attirante et vibrante pour le vouloir.

Je savais que ce n'était qu'un jeu pour elle.

Et si c'était le cas?

Risquer son avenir ne l'a pas arrêté, même s'il risquait de perdre un bon membre de l'équipe des semaines avant que les choses ne s'activent.

Mais la vie est faite de petits choix faits à la volée.

Travaillant sur ses pas, elle déboucla sa ceinture.

Aussi le bouton sur le haut de son pantalon kaki et la décompressa alors qu'il la regardait.

Katy soutint son regard, ses yeux ne quittant jamais les siens.

Atteignant ses sous-vêtements, elle posa sa main sur la longue et ferme tige de sa virilité.

Il caressa l'instrument de son plaisir, se demandant quelle serait sa réaction.

Bien qu'il n'ait pas eu la chance d'avoir des proportions de star du porno, Patrick n'avait pas honte de sa longueur ou de sa circonférence.

Il savait qu'il en avait plus que la plupart et ceux qui en avaient plus que lui étaient peu nombreux.

Laissant la tête en bas prendre la décision finale, il se leva.

Les yeux de Katy suivirent les siens alors qu'elle se levait.

Patrick regarda autour du parking sombre et vide.

Quelqu'un pouvait marcher près des fenêtres, mais personne ne l'avait fait au cours de la dernière heure.

Il baissa son pantalon et son boxer, exposant sa bite dure à la jeune femme.

Debout, les mains sur ses hanches nues, elle hocha la tête.

Le regard de Katy glissa le long de son corps jusqu'à ce que ses yeux tombent sur sa masculinité gonflée.

Le hochement de tête que sa bite lui donna était involontaire.

Son expression sérieuse n'a jamais changé, bien qu'il ait vu les pupilles de ses yeux s'écarquiller.

Il eut un sourire narquois.

"Maintenant tu es un crétin," lui dit-elle.

"Ici maintenant?"

Ses yeux revinrent aux siens, étroits et intenses.

"Je ne me suis pas très bien exprimé?"

Après avoir jeté un autre regard sur le parking, il a donné à sa bite dure quelques coups provisoires.

Oui, il était dur, mais était-il assez excité pour produire un orgasme rapidement?

Il n'arrêtait pas de caresser.

Elle le fixa, regardant sa main bouger avec le même regard impartial sur son visage, comme si elle le regardait lire ou remplir des papiers.

Pourtant, elle le regardait.

Il sentit une émotion l'envahir, le poussant à passer à autre chose.

En regardant le parking vide, il regarda derrière lui les voitures qui traversaient le centre.

C'était insensé.

Quelqu'un pouvait voir.

Pas de l'autoroute, mais s'ils arrivaient au centre-ville, ils le feraient.

À l'intérieur du magasin brillamment éclairé, il serait exposé à toute mère faisant des courses pendant que les enfants étudiaient ou à des retraités trop ennuyés pour regarder leur télévision.

Et vos voisins?

Il a travaillé sur sa bite plus rapidement.

Plus tôt il venait, plus tôt il pourrait s'habiller.

Il sentit son excitation grandir.

Il était proche, y arrivant plus vite que prévu.

Une semaine de célibat involontaire a joué en sa faveur.

«Si proche,» murmura-t-il.

"Viens sur la table," dit Katy, regardant son expression autant que ses mains travailler sur sa bite dure.

Il y avait un soupçon de sourire dans le coin droit de sa bouche et un scintillement dans ses yeux bleus alors qu'il atteignait un sommet.

Son sexe a explosé, pulvérisant son orgasme dans une ligne lâche d'un bout à l'autre de la table.

Le rire de Katy n'était pas la réaction à laquelle elle s'attendait.

«C'était bien», dit-elle. "Maintenant lèche-le."

Après un dernier frisson de plaisir parcouru ses épaules, Patrick la regarda avec des yeux écarquillés et des sourcils arqués.

Il regarda son sperme disposé en un flot ondulant de lignes en pointillés et de petites flaques d'eau sur la table en faux marbre.

Il savait que la table était propre, il était méticuleux pour garder ses affaires propres.

Son large sourire lui disait tout ce qu'elle avait besoin de savoir.

Elle ne pensait pas qu'il le ferait.

Avec son pantalon et ses sous-vêtements toujours autour de ses genoux, tenant sa bite dure, elle se pencha et lécha le désordre qu'elle avait produit.

Il a travaillé d'un bout à l'autre de la table, testant le plateau en Formica ainsi que sa graine éjectée.

Il leva les yeux et inspecta le parking et la porte d'entrée.

Personne ne l'avait vu.

Ayant terminé, il hésita avant de remonter son pantalon.

«Puis-je m'habiller?

«Vous apprenez vite», dit-il.

Elle attrapa ses couilles, regardant sa main les caresser pendant un moment avant de le regarder.

«Si nous faisons ça, je suis propriétaire. Es-tu sûr que c'est ce que tu veux?

"Oui madame."

Elle caressa sa bite encore dure.

«Viens contre ce mur et attends-moi», dit-elle, comme si elle avait pris sa décision.

Avec son pantalon toujours autour de ses genoux, exposé à quiconque pourrait conduire ou passer devant son magasin, Patrick s'est déplacé là où elle l'a indiqué.

De derrière le comptoir, Katy a sorti son téléphone portable de son sac.

Les téléphones portables n'étaient pas autorisés pendant les heures de travail.

L'allumant, elle a pointé son appareil photo sur lui et a pris une photo avant de se placer devant lui.

«Habillez-vous», dit-il en s'asseyant à table.

Patrick remit ses vêtements et la rejoignit.

Le téléphone de Katy montrait une image de lui debout à côté du logo peint sur le mur.

Sous l'image se trouvaient deux boutons, enregistrer et supprimer.

Elle a placé le téléphone devant lui.

"Maintenant, c'est ton choix. Un bouton mène à ta destruction. L'autre?" Elle haussa les épaules. "Je suppose que l'autre signifie que je viens de recevoir une émission gratuite."

«Ma destruction?

Katy couvrit le téléphone de sa main.

«Je suis sérieux, M. Adams. Mon rôle consiste à trouver vos limites et à vous pousser au-delà. Plus vous vous tortillez, plus cela me fait plaisir. La discipline fait partie de l'accord. Si vous échouez, je vous enverrai cette photo au siège social. "

"Cependant, c'est un jeu de sexe, non?"

"Pour l'un de nous, ça le sera."

Quand elle a déplacé sa main, il a appuyé sur le bouton Enregistrer.

CHAPITRE 2

«Parapluie est votre mot de sécurité», dit-il, prenant son téléphone sur la table et le mettant dans sa poche.

Il expliqua ce que signifiait un mot sûr, comment il l'appellerait la seule Dame quand ils étaient seuls, et la différence entre vivre dans le monde et être «du» monde.

"Vous vivez dans ce monde, mais vous n'êtes plus le sien. Vous n'avez aucun droit. Personne ne devrait connaître notre accord. Mentez à tout le monde sauf à moi."

Au fur et à mesure qu'il progressait dans sa liste d'instructions et de règles, les doutes de Patrick ont commencé.

Elle avait clairement pensé à cela avec beaucoup plus de détails qu'il ne l'avait imaginé.

Quand il a terminé, il a de nouveau sorti son téléphone avec la photo de lui debout devant le logo.

Encore une fois, il y avait deux options, augmenter ou annuler.

"Si vous appuyez sur Télécharger, il est enregistré dans un dossier privé sur Internet. Si vous appuyez sur Annuler, nous supprimerons l'image de mon téléphone et oublierons tout."

Il hésita avant d'appuyer sur la charge.

"Tu es une putain de salope stupide," dit-elle en riant et en retournant au comptoir.

Il a supposé qu'elle rangeait son téléphone portable.

Au lieu de cela, elle a ramené son sac sur la table et s'est assise.

«Pouvez-vous redevenir dur?

"Oui," dit-il, l'anticipation de sa prochaine commande l'excitait.

"Bien. Jetez vos sous-vêtements, vous n'en aurez plus besoin et laissez-moi voir à quel point vous pouvez vous remettre."

Reconnaissant son manque de choix en la matière, Patrick a enlevé ses chaussures, a enlevé son pantalon et ses sous-vêtements, et a jeté son boxer.

Assis sans rien à côté d'elle, il frotta à nouveau sa bite.

Cela n'a pas pris longtemps.

"Bien. Mettez votre pantalon au cas où quelqu'un entrerait."

Soulagé de pouvoir s'habiller, il remit son pantalon.

"Merci Maîtresse," murmura-t-il, utilisant son nouveau titre pour la première fois.

Sous le devant plissé, son érection était toujours évidente.

"Avez-vous une caméra sur votre téléphone?"

"Oui Maîtresse."

"Bien. Alors tu dois m'envoyer une photo de ta bite dure toutes les cinq minutes. Exactement toutes les cinq minutes. Et pas une photo d'elle à travers ton pantalon, mais de ton sexe nu, tu comprends?" Tenant son sac à main, elle sortit ses clés de voiture et se leva.

Patrick hocha la tête.

"Où vas-tu?"

"Tu ne peux plus me demander ça, salope."

«Je suis désolé, Maîtresse,» dit-il, se demandant comment il pouvait encore être son patron au travail.

Cela s'applique-t-il toujours?

En cherchant dans le menu de son téléphone, il trouva une minuterie et la régla sur cinq minutes.

Perdu dans ses pensées, il a dû relancer son érection pour sa première photo.

Lassé, il traversa le magasin, faisant les cent pas jusqu'à ce que cinq minutes se soient écoulées.

Cette fois, son érection attendait sa photo.

Il l'a décompressé, a sorti son pénis, a pris la photo et était occupé à l'envoyer quand des phares ont traversé le parking.

Il réalisa qu'il était en vue de la voiture avec sa bite dure qui sortait de son pantalon.

Il tourna le dos à la fenêtre, finit d'envoyer le texto, et remit sa bite en place.

Lors des alertes suivantes sur son chronomètre, il est resté prudent.

Neuf fois, il a envoyé à Katy des photos de sa bite dure.

Après le second, il a expulsé le reste de l'intimité relative de son back-office, convaincu qu'ils étaient à l'abri des regards indiscrets.

Il s'apprêtait à prendre sa dixième photo de l'après-midi lorsque la porte de service s'est ouverte.

Se détournant de la porte ouverte, il fouilla avec son téléphone et cacha sa bite, laissant tomber son téléphone sur le sol avant d'entendre le rire de Katy.

"Fais demi-tour," dit-il.

Il l'a fait, sa bite dure sortant de son ouverture.

Il vit le sourire ravi sur son visage et ça faisait du bien de faire partie d'elle.

Se promenant autour de lui, Katy passa ses mains sur son corps.

Elle attrapa ses pectoraux, lui serra les fesses et, pour une raison quelconque, pinça une de ses oreilles.

Debout devant lui, elle caressa sa bite dure.

C'était étrange que ce jeune employé de sa famille le touche si intimement.

De plusieurs centimètres de moins que lui, elle le regarda frotter sa queue.

«Tu as été un bon garçon,» dit-il. «Toutes les cinq minutes, en ce moment même, vous m'avez envoyé une photo. Cela mérite une récompense. Saviez-vous que j'aime sucer des bites, M. Adams?

"Non, Maîtresse," dit-il, sa bite palpitant dans sa main.

"Mm ouais. J'adore la sensation d'une belle bite longue et dure entre mes lèvres. Connaissez-vous la meilleure partie de sucer une bite, M. Adams? La sentir exploser dans ma bouche. Putain, j'aime cette sensation. Moi Je me mouille juste en y pensant. Est-ce que ce serait une bonne récompense, M. Adams? Aimeriez-vous sentir mes lèvres chaudes et humides autour de votre bite dure?

"Oui Maîtresse," dit-il, bien qu'il soit sûr que sa bite palpitante était la réponse pour elle.

"Ou peut-être que vous préférez me voir nue. Aimeriez-vous ça, M. Adams? Voulez-vous voir à quoi je ressemble nue? Je sais que je n'ai pas de gros seins, mais ils sont guillerets et mes tétons sont vraiment longs. Tout le monde aime mes tétons. Aimez-vous le Chatte rasée? C'est comme ça que je garde la mienne belle et lisse. Voulez-vous me voir nue, M. Adams? "

Il sentit sa bouche se dessécher.

Est-ce qu'elle le trompait?

Y avait-il une réponse meilleure qu'une autre?

«Oui, Maîtresse,» répéta-t-il, excité par l'idée.

"Hm, que dois-je faire, M. Adams? Dois-je vous sucer ou devrais-je vous laisser me voir nue?"

Son besoin avait beaucoup grandi.

Obligé de choisir, il a choisi la réponse qui incluait un orgasme dans sa bouche pour lui-même.

Elle le regarda en haussant les sourcils, attendant une réponse à sa question.

"Une pipe serait bien, madame."

"Mauvaise réponse," dit-elle en la frottant toujours. "Voudriez-vous l'essayer une deuxième fois?"

"La voir nue serait un privilège, madame," corrigea-t-il rapidement.

"C'est vrai, ça devrait être un privilège de me voir nue, mais c'est toujours la mauvaise réponse."

Patrick se sentait perdu et confus.

Comment les deux réponses pourraient-elles être fausses?

Ignorant le regard confus sur son visage, elle s'avança.

«Mets-toi nu», lui dit-elle en reculant et en le regardant se déshabiller.

Il a tout enlevé, de sa chemise à logo à ses chaussures et chaussettes.

"D'accord, maintenant penchez-vous et attrapez vos chevilles."

Il a fait ce qu'on lui avait dit, ne sachant pas à quoi s'attendre jusqu'à ce que cela se produise.

En utilisant l'une des spatules à long manche qui servaient à nettoyer les machines à yogourt, Katy lui donna une fessée.

L'outil de qualité restaurant a produit une forte détonation en rebondissant sur son derrière gauche.

Un instant plus tard, il sentit la piqûre de son attaque.

Elle le suivit d'un second coup sur la fesse droite.

Une fois de plus, il a éprouvé un délai momentané avant que son corps enregistre la douleur du coup.

À plusieurs reprises, elle l'a frappé, alternant les fesses et les emplacements précis jusqu'à ce que ses fesses soient chaudes et brûlantes.

Il grimaçait à chaque coup dans le dos.

Finalement, il s'est arrêté.

«Gardez les yeux en avant», ordonna-t-il.

Il resta figé sur place, incapable de voir ou de deviner ce qu'il faisait avant de le sentir.

Elle pressait quelque chose contre son anus.

Je ne savais pas de quoi il s'agissait.

Il devina que ce n'était pas un doigt et qu'elle l'avait lubrifié d'une manière ou d'une autre.

C'était inconfortable, mais il était maigre et elle a eu la gentillesse de le travailler dans son anus.

"Gardez-le là ou je vais vous frapper à nouveau," dit-il, résolvant le mystère.

Il avait poussé la poignée de la spatule dans son cul.

Quand elle le relâcha, elle le sentit menacer de glisser de ses fesses et le serra, voulant qu'il reste en place.

Elle se déplaça devant lui, saisissant son menton et tournant son visage vers le sien.

Elle a résolu un deuxième mystère pour lui.

"La bonne réponse était" Tout ce que vous voulez, Maîtresse ". Elle sortit le jouet de fortune de ses fesses et il l'entendit le jeter dans l'évier. «Tu peux rester nue. Je pourrais décider de te récompenser plus tard.

"Merci madame," dit-il, se sentant vulnérable et exposé.

La sonnette retentit et Katy s'avança, le quittant.

Il l'écouta parler au client avec sa gaieté habituelle.

En espérant que tout allait bien, il se leva.

Son cul lui faisait mal, mais sa bite était toujours dure.

Il passa le reste de la journée à se cacher dans l'arrière-salle.

À la fin de la journée, elle est rentrée chez elle dans le besoin d'un orgasme et avec une liste de fournitures dans sa poche.

«Je t'appellerai demain et nous commencerons ton entraînement», dit-elle, le laissant nu dans l'arrière-boutique du magasin.

CHAPITRE 3

Il était onze heures trente du matin lorsque son téléphone sonna avec un message de Katy demandant son adresse.

À midi, elle est apparue sur sa marche avant.

Patrick avait terminé sa liste, rasé sa queue et ses couilles, et était impatient quand il lui ouvrit la porte.

Debout dans le petit couloir, elle l'observa, passant sa main sur son pantalon sur sa peau rasée.

Son sexe a dansé pour attirer l'attention.

«Êtes-vous dans le besoin? elle a demandé.

"Oui Maîtresse." Il était comme ça.

Il avait passé la nuit et sa matinée excités et durs.

"Tu veux un orgasme?"

«Sa volonté, Maîtresse,» dit-il, prenant soin de ne pas répéter l'erreur d'hier.

Il la vit sourire, captant sa réponse prudente.

«Vous apprenez vite,» dit-elle, l'attrapant par le coq et le guidant vers leur petite maison.

C'était sa première visite et on lui a fait visiter le bungalow de deux chambres et deux salles de bains.

Elle le poussait derrière elle alors qu'elle se déplaçait de pièce en pièce.

Vivant seul depuis son divorce, Patrick a gardé son espace méticuleusement propre.

Elle s'arrêta devant sa commode.

"Ouvre ton tiroir à sous-vêtements."

Lorsqu'il ouvrit le tiroir du haut, elle secoua la tête.

"Qu'est ce que c'est?" demanda-t-elle en levant un caleçon.

"Sous-vêtements?" répondit-il confus.

«Je ne t'ai pas dit que tu n'en aurais plus besoin?

"Oui Maîtresse," dit-il en se tortillant.

Elle était à la maison depuis moins de dix minutes et il l'avait déjà déçue.

"Quel genre d'homme plie ses sous-vêtements?" demanda-t-il, sortant chaque paire de boxeurs et les jetant à travers la pièce.

Le laissant debout dans sa chambre, elle revint de la pièce principale avec le paquet de pinces à linge de sa liste de courses.

Ouvrant le paquet de clips en plastique, il a commencé à fixer les clips de couleur arc-en-ciel sur ses couilles les uns après les autres.

La douleur était exquise.

Au fur et à mesure qu'il ajoutait chaque clip, sa bite se balançait et palpitait.

"Voilà," dit-elle en se penchant en arrière pour admirer son travail. "Dix paires de sous-vêtements. Dix pinces à linge. Maintenant, prends le boxer avec tes dents et jette-les."

Patrick s'est mis à quatre pattes et a rampé à travers sa chambre.

Un par un, il a pris une paire de boxers avec sa bouche, les a portés à la poubelle dans le coin et les a jetés à l'intérieur.

Les pinces à linge sur ses couilles ressemblaient à des piqûres d'abeille, mais sa queue restait dure.

Il était dans la dernière paire quand l'une des pinces à linge s'est frayé un chemin hors de ses couilles.

Tout espoir qu'il n'avait pas remarqué ou qu'elle ne s'en souciait pas a rapidement disparu.

"Salaud sans valeur," dit-il en soulevant le clip en plastique. "Se lever."

Il l'a fait.

Elle a remplacé la pince et en a ajouté une de plus à chacun de ses mamelons.

« Attends ici », ordonna-t-il, retournant à nouveau dans l'autre pièce.

Le retournant, elle utilisa un morceau de corde pour attacher ses mains derrière son dos.

Puis, elle enroula un foulard autour de ses yeux, l'aveuglant.

Les mains sur ses épaules, elle le retourna et l'appuya contre le mur.

Il était debout, écoutant attentivement.

Il la sentit toujours devant lui.

Si je regardais par-dessus l'arête de son nez, il pouvait voir sa bite dure, les pinces à linge sur son corps et ses pieds.

Sentant quelque chose de doux contre ses orteils, elle baissa les yeux pour voir une culotte posée sur ses doigts.

Un instant plus tard, ils ont été joints avec un soutien-gorge.

Son sexe palpita quand il réalisa que Katy s'était également déshabillée et l'entendit bouger vers le lit.

Il combattit l'envie de lever le menton pour voir son lit.

En écoutant, il entendit ses doux gémissements de plaisir et le léger bruit humide des doigts frottant une chatte.

Il l'entendit haleter quand un orgasme l'atteignit.

Quand elle a mis deux de ses doigts dans sa bouche, il a goûté son sexe pour la première fois.

«Quand tu seras prêt à essayer de me servir correctement, je serai dans le salon. Enlève cette merde et rejoins-moi.

Regardant par-dessus l'arête de son nez, il la vit ramasser sa culotte et son soutien-gorge avant de l'entendre quitter la pièce.

CHAPITRE 4

Quand il bougeait ses mains, il lui était facile de défaire le travail qu'elle avait fait en lui donnant une fessée aux poignets.

Il trouvait intéressant qu'elle ne l'ait pas attaché plus étroitement.

Les mains libres, il retira le bandeau.

Le paquet ouvert de pinces à linge était toujours sur son lit.

Il enleva les douze pinces qu'il portait, les remit dans le sac et entra dans l'autre pièce.

Il trouva Katy nue à la table de la salle à manger où il avait placé les fournitures sur sa liste.

Son petit derrière sombre et ferme était aussi bronzé que son dos.

Elle se retourna quand elle l'entendit.

"Tu as l'air bien," dit-il en souriant.

«Merci Maîtresse», dit-il.

Sa bite palpitait alors qu'il aimait la voir si magnifiquement nue.

"Est-ce que les balles font mal?"

«Un peu,» admit-il.

«Détendez-vous», dit-il en ouvrant quelques paquets. "C'est censé être amusant, tu te souviens?"

Il voulait demander qui, mais il se tut.

Tant de jouets, se dit-il.

Quand elle le regarda, ses yeux s'abreuvaient de la beauté de son jeune corps nu.

Il admirait ses seins fermes et gaies et les longs et durs mamelons qui se dressaient fièrement hors de ces deux vagues.

Sous son ventre plat, il vit qu'elle était rasée.

Sa chatte semblait enflée à cause de son récent orgasme.

"Avez-vous quelque chose à manger ici?" »elle a demandé, se tournant et se dirigeant vers sa cuisine.

Elle ouvrit son réfrigérateur comme si c'était le sien.

Mettant de côté deux tasses de yaourt, elle fouilla dans les tiroirs de la cuisine jusqu'à ce qu'elle trouve deux cuillères.

Tirant sur le dessus d'un, il le tint devant sa queue.

«Masturbe-toi», lui dit-elle.

Dans le besoin, Patrick a commencé à caresser sa queue.

Elle le regarda avec une expression de satisfaction dans les yeux.

«Va te faire foutre en l'air», dit-il.

Alors que son orgasme approchait, elle pointa la tête de sa bite vers le récipient ouvert de yaourt.

Elle n'avait pas besoin qu'on lui dise que c'était là qu'elle voulait son orgasme.

La force de son orgasme a remué le yaourt.

"Bien," dit-elle en remuant le yaourt avant de le remettre avec la cuillère toujours dans la tasse.

Il prit l'autre sur le comptoir.

«Vas-y. Profite,» dit-il en déposant le yaourt, sans le remuer, dans sa bouche.

Patrick a mangé le sien, conscient qu'il mangeait son sperme en même temps.

Il était humilié et excité par l'idée.

Les yeux de Katy dansaient sur lui aussi ouvertement que ses yeux l'absorbaient.

"Comment est le yaourt?" elle a demandé.

"Bien," dit-il, pas sûr d'avoir goûté le sperme.

"Combien de temps cela prendra-t-il avant que vous deveniez dur à nouveau?"

«Je ne sais pas», admit-il.

Son sexe avait perdu sa fermeté, mais il était toujours gros et plein.

"Je vais te torturer jusqu'à ce que tu sois à nouveau dur," dit-il avant de fourrer une autre cuillerée de yaourt entre ses lèvres.

Il se demanda si elle pouvait avoir l'air encore plus excitante.

"Comme tu veux, Maîtresse," répondit-il, éprouvant un étrange mélange de peur et d'émotion.

CHAPITRE 5

Finissant son yaourt, elle trouva un grand verre dans son placard et le remplit d'eau.

Il réalisa comment il avait allumé le filtre à eau avant de remplir le verre.

Il le lui tendit et elle lui dit de boire.

Après avoir avalé le verre d'eau, elle le remplit.

"Encore une fois."

Il lui fallut plus de temps pour boire le deuxième grand verre.

Il remplit le verre pour la troisième fois.

«Prends ton temps», dit-il, «ce n'est pas une course».

Il prit une gorgée d'eau, se sentant gonflé par les deux premiers verres.

Assise à table, elle ramassa la corde la plus fine de sa liste.

C'était un quart de pouce de nylon.

Avec des ciseaux, il coupa un mètre de long puis ouvrit un paquet de briquets.

Enroulant soigneusement l'extrémité coupée de la corde sur la flamme, il a fusionné les fils ensemble.

Patrick était fasciné.

Le rapprochant, elle enroula une boucle de corde autour de ses couilles.

Pendant qu'il regardait, elle a fait une seule bobine, a passé l'extrémité coupée à travers la bobine, sur la longueur de la corde, puis à travers la bobine.

«Ça s'appelle un nœud de bowline», lui dit-il. "C'est bien pour deux raisons. Premièrement, parce que c'est facile à délier. Deuxièmement, une fois que c'est fait, ça ne se resserre pas."

Elle a resserré la corde autour du haut de son sac à balles et a terminé le nœud.

C'était serré, mais cela n'a pas coupé la circulation.

"Tu vois?" elle a demandé.

Quand elle a tiré sur la corde, il a été forcé de se diriger vers elle.

Faisant une deuxième corde à l'extrémité opposée de la corde, il forma une deuxième boucle.

Il grimaça lorsqu'elle tira sur la corde.

"Parfait. Maintenant, retourne-toi et penche-toi, j'ai attendu de tester ce mauvais garçon."

Avant de se retourner, Patrick la vit ramasser la pelle en cuir qui était sur sa liste.

Plusieurs des articles de sa liste nécessitaient une visite dans un magasin spécialisé dans un quartier peu recommandable de la ville.

Le magasin proposait surtout des tatouages, des piercings, une gamme complète d'accessoires «tabac» et une zone réservée aux adultes qui présentait une large gamme d'aides au «mariage».

Outre l'assortiment attendu de vibrateurs, de godes, de bouchons et de lubrifiant, il y avait une section entière consacrée aux fouets, chaînes, pagaies, accessoires en cuir et autres articles qui le remplissaient de terreur autant que cela l'avait excité.

Après une journée à se faire taquiner par Katy, il avait trouvé cela très excitant.

C'est là qu'il a trouvé la corde, la truelle et bien d'autres objets déposés sur la table.

Katy l'a frappé avec la pelle, le frappant encore et encore jusqu'à ce que son cul devienne chaud comme hier.

La pelle couvrait les deux fesses, bien qu'elle ait démontré son but en alternant entre elles.

Elle a ri pendant qu'elle travaillait et quand elle s'est arrêtée, ses fesses étaient brûlantes et tendres.

"Es-tu déjà dur?"

«Non Ama», rapporta-t-il.

Elle l'a frappé à nouveau.

"Buvez un peu plus d'eau, reposez-vous et nous réessayerons dans quelques minutes."

Debout à table, il la regarda mesurer des cordes plus épaisses.

Après avoir coupé différentes longueurs, il a fait fondre les extrémités avant qu'elles ne s'effilochent.

"Travailler avec des cordes est un art." Elle a parlé des pages Web dédiées à la pratique et de la façon dont elle s'entraînait avec sa petite amie. "Je n'ai jamais triché là-dessus avant, et nous n'avons joué qu'avec une corde", a-t-il expliqué. "Elle n'est pas très douée pour nouer, mais elle a eu la gentillesse de me laisser m'entraîner. Et je pense qu'elle a aimé."

Ramassant ses cordes, elle traîna une chaise de la table dans le salon.

Il fit allonger Patrick sur le siège sur sa poitrine et son ventre.

Travaillant rapidement avec les cordes, elle a attaché ses poignets à deux jambes et a fait de même à ses genoux, laissant son dos exposé à elle.

Agenouillée devant lui, elle lui offrit un verre dans son verre d'eau.

«Bois», lui dit-elle, versant l'eau plus vite qu'il ne pouvait boire.

Se déplaçant derrière lui, il tira sur la corde qui pendait toujours à ses couilles.

Patrick était impuissant à l'empêcher de le faire.

"Es-tu déjà dur?"

"Non Maîtresse," dit-il, se demandant comment il pouvait devenir dur si elle le blessait.

«Ah, c'est très triste», dit-il en retournant à table pour attraper une pelle.

Elle lui donna quelques coups, récupérant rapidement la douleur lancinante de sa fessée précédente.

"Et maintenant?"

«Non Maîtresse», répéta-t-il, se sentant impuissant.

"Peut-être que cela aidera."

Patrick sentit un doigt enfoncer son derrière exposé.

Elle a poussé aussi profondément qu'elle le pouvait.

Tirant son doigt, il recommença avec un deuxième doigt.

Elle se tord les doigts, l'étire et le lubrifie.

Elle a remplacé ses doigts par un plug anal.

Atteignant entre ses jambes, elle caresse sa queue.

Ses doigts étaient encore glissants du lubrifiant.

Elle l'a frotté jusqu'à ce que sa bite soit à nouveau dure.

"Beaucoup mieux," dit-il.

Debout devant lui, elle ramassa ses vêtements sur le canapé où elle les avait laissés.

Elle l'a mis.

S'arrêtant pour lui donner un autre verre d'eau, elle lui tapota la tête.

"N'allez nulle part," dit-elle et il l'entendit partir.

CHAPITRE 6

Patrick ne savait pas combien de temps il avait passé attaché à la chaise avec le plug anal dans le cul.

Il supposait que cela prenait une demi-heure, mais il n'avait aucun moyen de mesurer le temps.

Il a essayé de compter, de marquer le temps, mais a eu du mal à le faire de manière cohérente.

Comptant lentement, il atteignit six cent deux fois, mais il savait qu'il avait perdu le compte deux fois de plus alors qu'il pensait qu'elle serait bientôt de retour.

Et il ne savait pas combien de temps il avait attendu avant de commencer à compter.

Un certain temps, il en était sûr. Cinq minutes? Dix?

Son cul lui faisait mal à cause de la fessée.

Son sexe est resté enflé.

Putain, elle était si jolie.

Où était-elle?

Quand reviendrais-je?

As-tu vraiment joué à des jeux de cravate avec ta copine?

Quelle copine?

Se sont-ils attachés à tour de rôle comme ça?

Il a recommencé à compter.

Quand il a atteint trois cents ans, il a décidé que c'était encore cinq minutes.

Il était distrait par le besoin d'uriner.

Est-ce que c'était ça l'eau?

Il a recommencé à compter, d'abord à partir de trois cent un, puis a décidé que cela n'avait pas d'importance.

Il a recommencé le compte à partir d'un.

Le nez de Patrick me démangeait.

Il l'a déplacé du mieux qu'il pouvait.

Et si quelque chose lui était arrivé?

Qui trouverait ça comme ça et combien de temps cela prendrait-il?

Il pouvait crier, mais pas encore.

Il a commencé à compter à voix haute.

"Un deux trois ..."

Il a frappé six cents à nouveau.

Perdu dans ses pensées inquiètes, il réalisa qu'il n'était plus dur.

Merde, il ne pouvait pas la laisser le trouver comme ça.

Il voulait que sa queue repousse.

Il a imaginé le corps nu de Katy, ses jolis fesses et ses gros seins.

Merde, il a dû faire pipi.

Ses mamelons étaient si gros et gros.

Comment les avez-vous cachés lorsque vous étiez au travail?

Il rit, l'imaginant marchant dans la section des surgelés d'une épicerie.

Merde, ce serait un super spectacle!

Quand il a recommencé à compter, il a fléchi sa bite avec chaque numéro.

En partie parce qu'il devait uriner et en partie pour rester dur.

Il approchait la centaine lorsqu'il entendit la porte d'entrée s'ouvrir.

"Ah, tu m'as attendu," dit-il. «Es-tu toujours dur j'espère?

«Oui Maîtresse,» dit-il, soulagé de l'entendre.

Katy a détaché les cordes.

"Eh bien, levez-vous, secouez-le et jetons un œil."

Bien que les cordes n'entravent jamais sa circulation, il lui a quand même fallu un moment pour se relever.

Sa bite dure se leva fièrement.

"Mm, ça a l'air bien," dit-il en le frottant.

Elle mangeait une pomme.

"Tu veux un peu?" elle a demandé.

Elle frotta la pomme contre son sexe et ses couilles avant de lui offrir une bouchée.

Tout lubrifiant qui était sur lui devait être absorbé par sa queue, mais le symbolisme ne lui était pas perdu.

"Assoiffé?" demanda-t-elle, frottant à nouveau la pomme sur sa bite avant de prendre une deuxième bouchée.

«Non, Maîtresse. J'ai besoin de faire pipi.

"Pardon?"

"Désolé, je peux attendre."

«Tiens, bois de l'eau», dit-elle en lui tendant le verre.

Il prit une gorgée.

«Ah tu peux boire plus que ça», insista-t-il.

Il prit une autre gorgée.

"Allez, un peu plus."

Utilisant la ficelle attachée à ses couilles comme laisse, elle le conduisit dans la cuisine, alluma l'eau et remplit son verre.

Le bruit de l'eau courante augmenta son envie d'uriner.

Elle sourit quand il se tortilla.

"Un problème?"

«Je dois vraiment y aller», admit-il.

"Pardon?" demanda-t-elle en laissant couler l'eau.

Il acquiesca.

Elle lui tendit le verre et lui dit de boire à nouveau.

Alors qu'il sirotait de l'eau, elle ouvrit le congélateur, en sortit quelques glaçons et les jeta dans le verre.

Tirant sur sa laisse, elle le ramena dans leur salon.

«J'aurai besoin de votre aide pour ce poste», dit-il.

Elle le fit s'allonger sur le sol, se recroqueviller et posa ses genoux sur sa tête comme s'il était pris au milieu d'un saut périlleux.

"Parfait!" lui dit-elle en lui caressant le cul.

Pour lui faciliter la tâche, elle posa son dos contre l'avant de son canapé.

Bien que la position soit inconfortable, ce n'était pas inconfortable.

En rapprochant la chaise de sa tête, elle fouetta ses genoux et le verrouilla en position.

Souriante, elle caressa le bas de ses couilles.

"Confortable?"

"Pas vraiment," dit-il, inquiet qu'elle le laisse comme ça.

"Ah, mais c'est tellement amusant," dit-elle en sortant le jouet de ses fesses.

De retour à table, elle est revenue avec un long gode fin et plus de lubrifiant.

Appliquant un peu de lubrifiant sur le jouet, il le fourra dans le cul.

"Tu vois? N'est-ce pas drôle?"

Patrick n'a pas répondu.

Sa bite était dure, pointée directement sur son visage, et il avait encore besoin de faire pipi.

Elle a poussé le jouet de haut en bas, comme si elle barattait du beurre.

"Allez, admets que tu aimes ça."

Puisqu'il ne l'a pas fait, elle fronça les sourcils.

"Je parie que je peux te frapper comme ça aussi." Elle s'est levée, a pris la pelle et a pilonné son âne tendre. "C'est mieux?"

«Non, ma maîtresse.

"Mais n'est-ce pas ce que vous vouliez? Vous avez dit que vous vouliez être contrôlé, non?"

"Oui Maîtresse."

"Utilisé. Humilié. Abusé?"

"Oui Maîtresse."

"Lié, ignoré, ou quoi que ce soit d'autre que vous choisissez de faire, non?"

"Oui Maîtresse."

"Bien. As-tu encore besoin de faire pipi?"

"Oui Maîtresse."

"Combien voulez-vous?" demanda-t-elle en soulevant le verre d'eau glacée et en le plaçant contre le fond de son sac de balles.

"Beaucoup," dit-il, se forçant à arrêter le flux.

"Alors vas-y," dit-il, un large sourire maléfique sur le visage.

Patrick a combattu l'envie à l'intérieur de son corps, regrettant tout.

S'il faisait pipi maintenant, il urinerait sur son visage et son tapis.

Son mot de sécurité lui vint à l'esprit et se déplaça sur ses lèvres.

"Arrêtez ..." dit-il, s'arrêtant avant de dire autre chose.

"Oui?" demanda-t-elle, l'air aussi ravie que jamais. «Est-ce que je t'ai déjà brisé?

Elle déplaça le verre autour de ses couilles, le taquinant avec sa fraîcheur humide.

Elle a éclaboussé son visage.

De la cuisine, il pouvait encore entendre l'eau couler du robinet.

"Peut-être que cela aide à la place?" demanda-t-elle, attrapant sa bite et la caressant. «Si tu jouis sur ton visage, alors peut-être que je te détacherai avant de te faire pipi.

Patrick aurait souhaité que ce soit aussi facile, mais ce pont a déjà été traversé par son corps.

Son besoin était de libérer sa vessie, pas ses couilles.

«S'il vous plaît Maîtresse,» supplia-t-il.

«Votre mot sûr est 'parapluie'», lui rappela-t-il. «Dis-le et je te détacherai. Dis-le et c'est fini.

Patrick gémit.

Il ne le dirait pas.

Je ne pouvais pas.

Elle n'allait pas gagner.

"Va te faire foutre," dit-il.

"Oh mauvaise réponse," dit-elle en lui versant de l'eau glacée.

Des glaçons rebondissaient sur son visage alors que de l'eau éclaboussait contre lui.

Elle a ri.

«Je suis très patient», dit-il.

En mettant le verre de côté, il commença à retirer ses vêtements.

Nue, elle le chevaucha.

"Toutes ces discussions sur la miction m'ont donné envie."

Il souleva le verre, le tint entre ses jambes et relâcha sa vessie.

Il regarda le verre se remplir d'urine.

Il a entendu les éclaboussures que cela faisait.

C'en était trop pour lui.

Il urina, éclaboussant son visage du jet chaud et humide.

De l'urine chaude a éclaboussé sa bouche et son nez.

Quand il eut le souffle coupé, il le porta à sa bouche.

Incapable d'arrêter, de ralentir ou de contrôler le flux, il est entré dans ses yeux et ses cheveux, et quand elle a essayé de détourner la tête de lui, dans ses oreilles.

Le pire était quand il lui remonta le nez, le forçant à respirer de l'air et à le recracher de sa bouche.

Son courant diminua jusqu'à ce que la dernière partie faible de son besoin éclabousse son cou et sa poitrine.

En riant, Katy retourna son verre et y fit pipi aussi.

CHAPITRE 7

Ses doigts habiles détachaient les liens autour de ses genoux.

Elle lui a permis de se dérouler, mais l'a maintenu à plat sur le tapis mouillé.

Ses mains le guidèrent alors qu'il gardait les yeux fermés à cause de l'urine sur son visage.

Elle le fit tourner, s'allongea et le sentit s'agenouiller sur sa tête.

Il jeta un coup d'œil et la vit chevaucher sa tête.

"Ouvre ta bouche," dit-elle en pressant sa chatte contre son visage.

"Wow, un peu plus," dit-il, jetant un dernier jet d'urine dans sa bouche avant de le frotter contre son visage.

Allongé dans une mare d'urine, il mangeait sa chatte, léchant et suçant son clitoris et ses lèvres nues pendant que sa bite palpitait d'un besoin différent.

Humiliée, honteuse, mouillée et se sentant sale, elle désirait toujours un orgasme qu'elle seule pouvait permettre.

En riant et en hurlant, elle est venue.

"Merde, M. Adams, vous êtes bon dans ce domaine!"

Toujours aveuglée par l'urine sur son visage, elle aida Patrick à se relever.

Tirant la ficelle autour de ses couilles, elle le conduisit dans la salle de bain et l'aida à passer le bord de la baignoire.

Allumant l'eau, elle le laissa derrière le rideau de douche en plastique.

Il se doucha, se sécha et la trouva assise dans la salle à manger avec ses vêtements.

En l'appelant, elle a détaché la corde autour de ses couilles, soulignant que même humide, son nœud était facile à dénouer.

«Vous avez fait du bon travail», lui dit-elle en lui tenant les hanches. "Ceci est votre récompense."

Caressant ses couilles rasées, elle a sucé sa bite, lui donnant la meilleure pipe dont il se souvienne.

Il l'a prévenu avant de venir, au cas où il n'aimerait pas avaler.

Certaines femmes étaient réticentes à ce sujet, mais elle ne s'est pas arrêtée.

Mais après son arrivée, elle se leva, rapprocha son visage du sien et l'embrassa profondément.

Alors qu'ils s'embrassaient, elle poussa son orgasme de sa bouche à la sienne.

CHAPITRE 8

Après son départ, il s'est habillé et a embauché un nettoyeur de tapis.

L'exigence d'être nu le plus souvent possible était plus facile que d'essayer d'être constamment dur.

Mais après leur après-midi ensemble, il a trouvé les deux choses faciles.

Imaginer sa Katy nue l'excitait.

Son sentiment d'appartenance lui causerait bientôt des ennuis.

"Qui suis-je?" Katy lui a demandé quand il allait travailler.

C'était la deuxième fois qu'il posait la question.

"Ma Maîtresse," répondit-il de nouveau, bien que le doute l'ait saisi.

"Prends le boulot," demanda-t-il.

Laissant son pantalon, il se pencha, lui exposant ses fesses nues.

Elle a de nouveau utilisé l'une des spatules du magasin.

Après avoir rendu les deux fesses roses, elle lui a demandé à nouveau.

"Qui suis-je?"

«Katy Maria Gonzales? il a tenté.

"Putain, tu es une salope stupide," dit-elle en le frappant à nouveau.

Katy avait un système pour lui donner une fessée.

Elle a alterné ses fesses et d'autres endroits, produisant une sensation uniforme et piquante du haut de ses cuisses au bas du dos.

Sa première série de coups avait piqué.

La deuxième série l'a incendié.

"Voici votre indice. Vous étiez plus proche la première fois. Maintenant, dites-moi qui suis-je?"

«Ma maîtresse Katy? Il a essayé à nouveau.

"Merde tu étais si proche!" dit-elle et l'a frappé plusieurs fois sur chaque fesse. "Qui suis-je?"

«Maîtresse, s'il vous plaît», supplia-t-il. "Je ne sais pas."

"Non, tu sais," dit-il en jetant la spatule dans l'évier. "Vous venez de le dire. Je suis Maîtresse. Je ne suis PAS votre Maîtresse. Je suis Maîtresse pour qui je veux. Maître et seulement Maîtresse, vous me comprenez?"

«Oui, Maîtresse», dit-il.

Katy a giflé son visage. "

Se lever. Laisse-moi te regarder Es-tu dur? "

Patrick se redressa, effrayé.

Cela avait été dur.

Il était dur quand elle se mit au travail, mais pendant la brutalité de sa fessée, son érection avait disparu.

Son sexe voulait être dur, mais son corps avait du mal à résoudre les messages mêlés à un cul endolori.

Son sexe dépassait directement de son corps dans cette position de berne entre une érection complète et le fait d'être trop mou pour être utilisé.

Elle regarda sa bite.

"Et si je voulais baiser maintenant? Pourriez-vous me baiser avec ça?"

"Oui Maîtresse," l'assura-t-il, l'idée résolvant la confusion dans son cerveau.

Son sexe se raidit.

"Tu veux un orgasme?"

«Votre volonté, Madame. Patrick a refusé de tomber amoureux de ses pièges.

«Oui, ma volonté», acquiesça-t-elle en cherchant son téléphone portable dans son sac.

Il a touché quelques écrans.

"Si je le veux, me donneras-tu un orgasme maintenant?"

"Oui Maîtresse."

"Donc, vous avez soixante secondes pour le faire," dit-il, en appuyant sur son téléphone et en lui montrant la minuterie.

Patrick a travaillé sa bite rapidement et durement, luttant pour l'orgasme dans le temps requis.

Cela ne s'est pas produit.

"Oh, je suis vraiment désolée," dit Katy en souriant. "Plus de chance la prochaine fois."

Levant la spatule, il lui donna six coups de plus avant de lui permettre de s'habiller.

CHAPITRE 9

La prochaine fois, c'était une heure plus tard.

"Es-tu toujours dur pour moi?" elle a demandé quand elle avait fini de s'occuper d'une vieille femme et de son mari.

«Oui Maîtresse,» informa-t-il, faisant le tour du comptoir pour qu'elle puisse voir le renflement à l'intérieur de son pantalon.

«Soixante secondes,» lui dit-elle, sortant son téléphone de sa poche et démarrant le chronomètre.

Patrick courut dans l'arrière-salle, ouvrit son pantalon et essaya de se branler pour elle.

Quand il ne pouvait pas produire d'orgasme dans le temps imparti, elle agita son doigt en cercle, indiquant qu'elle devrait se retourner.

Six coups de plus retournèrent la chaleur, la brûlure et la piqûre à son âne assiégé.

«Allez encore,» dit-elle en remettant l'horloge à zéro.

Il a pris six autres coups sûrs pour avoir disparu.

Déterminé à gagner sa partie, Patrick a fait de son mieux pour rester au bord de l'orgasme.

Il frotta le devant de son pantalon, restant dur et dans le besoin.

S'il y avait des clients, il se frottait contre le comptoir, espérant garder son avantage.

Mais il a commis l'erreur de jouir quand Katy a pris l'une de ses pauses assignées.

Après avoir attendu quelques clients, son esprit s'est emporté.

Quand Katy est revenue au magasin, elle a vérifié l'avant du magasin, a sorti son téléphone et a dit: «Soixante secondes».

En essayant, il réalisa que cela n'en valait pas la peine.

Il a pris sa raclée et a appris sa leçon: pour être prêt, il faut rester prêt!

***

Il a terminé la journée de travail sans prendre un autre battement ou un autre défi de soixante secondes.

Il se sentait nerveux, sa bite était enflée et dans le besoin et ça faisait plus mal que son cul après une de ses fessées.

Avant de partir, Katy a caressé le renflement à l'avant de son pantalon.

"Pauvre garçon. Tu as l'air prêt à exploser."

Sur la pointe des pieds, elle déposa un baiser sur ses lèvres et partit.

Avant de fermer la porte, il a ajouté:

"Souviens-toi qu'il n'y a pas d'orgasmes sans permission."

CHAPITRE 10

Katy a eu le jour suivant.

Travaillant dans le magasin avec l'un des autres membres de son équipe, Patrick portait un tablier pour cacher son érection.

Il ne voulait pas être dur.

Il n'a pas essayé d'être dur.

Mais son besoin était trop grand.

Des choses simples accélèrent votre imagination.

Il a renvoyé son employé à la maison tôt et a fermé le magasin seul.

Se sentant mieux en contrôle, elle a travaillé un peu de paperasse avant de rentrer chez elle.

* * *

Quand il est rentré chez lui, il a vu les fournitures de Katy disposées sur la table de la salle à manger et a eu une grande réaction.

Son sexe se durcit lorsqu'il enleva ses vêtements et il se sentit seul.

Merde, est-ce que ça s'était enfoncé si vite sous sa peau?

* * *

Il a passé une nuit agitée devant la télévision, voulant qu'elle appelle ou passe.

Elle ne l'a pas fait.

Il craignait qu'elle le punisse.

Il était inquiet qu'elle ait perdu tout intérêt.

Il a pensé à l'appeler ou à lui envoyer un texto mais a décidé qu'il ne devrait pas.

Assis nu sur son canapé, sa queue est restée dure.

Se sentant très seule, elle se coucha à onze heures.

CHAPITRE 11

Vendredi matin, Katy est arrivée au travail deux minutes avant l'ouverture.

«Bonjour, M. Adams», rayonna-t-elle, toujours aussi pleine de joie.

"Bonjour Maîtresse," dit-elle, heureuse que sa bite soit dure pour elle.

Katy se précipita devant lui, vérifia la caisse enregistreuse et aida au reste de l'ouverture.

"Cela semble être une bonne journée, pensez-vous que nous serons occupés?"

«Probablement,» dit-il.

«Je suppose que je serai occupée aux fenêtres,» dit-elle, ramassant le tabouret, le spray pour vitres et la pile de serviettes en papier dont elle aurait besoin.

Le nettoyage des vitres était une tâche régulière le vendredi matin.

Patrick a aimé que le magasin ait l'air très propre avant le week-end.

"A moins que tu n'aies autre chose que tu veux que je fasse?"

«Comme vous le souhaitez, Maîtresse.

Elle lui fit un sourire et se mit au travail, le laissant se demander ce qui se passait.

Avait-il abandonné son jeu?

* * *

La journée ensoleillée de printemps a attiré les clients.

Bientôt, ils étaient occupés à réapprovisionner la barre de remplissage, à surveiller les machines à yogourt glacé et à nettoyer après le départ des clients.

Patrick réfléchissait tout le temps, voulant demander à Katy si tout allait bien entre eux, mais il ne trouvait pas les mots.

Il a demandé avant de faire une pause, cela n'a pris qu'une demi-heure, puis a suggéré qu'il en prenne une aussi.

Patrick n'avait pas besoin d'une pause, mais il ne voulait pas décevoir la Maîtresse.

Il resta assis dans sa voiture pendant une demi-heure, sa bite avide de l'attention qu'elle refusait de lui porter.

CHAPITRE 12

Vendredi et samedi, le magasin est resté ouvert jusqu'à neuf heures.

À quatre heures, le deuxième quart de travail est apparu.

Quand il vit Katy prête à partir, Patrick entra dans la pièce du fond, attendant un indice sur ce qui se passait.

Elle s'arrêta devant lui, baissa les yeux sur l'intérieur de son pantalon et sourit.

Il frotta la bosse et dit:

"Je te vois ce soir."

***

Vers minuit, Patrick a cessé de penser à la voir aujourd'hui.

Il éteignit la télévision et commença sa routine nocturne.

Son sexe dur lui faisait mal, palpitait et exigeait de l'attention, mais il refusa de le payer.

Il préparait la cafetière pour le matin quand il vit un éclair de phares dans son allée.

Il sourit, se demandant où il devrait être quand elle entra.

Dois-je rallumer la télévision et agir avec désinvolture?

Doit-il être près de la porte?

En quittant le café, il décida de s'agenouiller devant sa porte.

Une Katy ivre ouvrit la porte en grand.

Elle a titubé à l'intérieur avec trois mecs proches de son âge.

"Merde," dit un homme aux cheveux blonds avec son bras autour de Katy quand il vit Patrick à genoux sur le sol.

Il était le seul sobre du groupe.

«Pensiez-vous qu'il mentait? Demanda Katy en caressant les cheveux de Patrick.

"Putain de quoi!" dit un jeune homme musclé aux cheveux noirs.

"Hé, est-ce que ton esclave a quelque chose à boire?" demanda le troisième homme, étant le dernier à entrer. Il s'arrêta à la porte. "Ami, tu es nu!"

"D'accord, c'est officiellement bizarre," dit le blond, l'air incertain de lui-même.

"Putain, Ben. Katy a dit que ce serait étrange," dit le garçon aux cheveux noirs.

"Ouais, mais putain," insista Ben, tenant la taille de Katy, mais regardant Patrick.

"Les garçons nus vous dérangent?" Lui a demandé Katy.

"C'est juste bizarre. Peux-tu lui faire s'habiller ou quelque chose comme ça?"

"Je pourrais, mais j'aime ça comme ça."

«Vous l'avez baisé? demanda le garçon musclé aux cheveux noirs.

"Je baise avec lui," rit Katy. "Regardez avec ça."

Après avoir obligé Patrick à se tenir contre le mur, elle a commencé à attacher des pinces à linge à ses couilles.

"Oh merde, ça doit faire mal!" dit le dernier homme dans la maison de Patrick, se tortillant et cherchant instinctivement ses couilles.

"Voulez-vous essayer?" Elle lui a demandé.

"En aucune façon!"

"Allez Joe. Laisse-moi mettre une pince sur tes couilles," se moqua le garçon aux cheveux noirs.

"Va te faire foutre, Tom. Fais-le toi-même."

"Alors, est-ce que ça doit faire ce que tu dis?" Ben, la blonde sobre, a demandé.

Il regardait toujours avec de grands yeux.

«N'importe quoi», dit-elle en lui souriant.

Il y avait une lueur de satisfaction dans ses yeux qui faisait du bien à Patrick.

"Fais-le se branler et le manger", dit Tom, le gars musclé.

Katy se tourna vers l'homme aux cheveux noirs et attrapa son entrejambe.

«Ne me dis pas quoi faire, Tom, ou tu te trouveras à côté de lui.

Tom fit une grimace.

"WOW bébé, détends-toi. J'essaye juste de m'amuser un peu."

"Moi aussi," dit Katy, retenant sa prise un moment de plus avant de le relâcher.

Tom recula d'un pas, lui lançant un regard méfiant.

Patrick eut un sourire narquois.

«Mais si elle te demandait de faire ça, tu le ferais, non? Ben demanda à Patrick, ses yeux s'éloignant finalement de l'entrejambe de Patrick.

C'était une supposition de sa part, mais Patrick ne répondit pas.

Katy y réfléchit un instant, sourit et lui fit un discret signe d'approbation.

"Il est à moi, Ben, pas à toi," dit-il au blond.

Il enleva les pinces des couilles de Patrick, se retourna et fit face au trio d'hommes.

"D'accord, qui veut baiser?"

«Je dois aimer une femme qui sait ce qu'elle veut», a déclaré Joe.

"On dirait que nous avons un gagnant," dit Katy, poussant Joe devant elle dans la chambre de Patrick et tirant Patrick derrière elle par sa bite dure.

"Vas-tu les baiser tous les deux?" A demandé Ben.

"Peut-être," dit Katy.

Alors qu'ils marchaient dans le petit couloir, Patrick a entendu sa télévision prendre vie alors que Ben et Tom se mettaient à rire.

Katy appuya Patrick contre le mur au pied de son lit.

«Devez-vous regarder? A demandé Joe.

"On s'en fout?" Dit Katy en se pressant contre l'homme.

Tout en l'embrassant, elle poussa sa main vers l'un de ses seins.

Toutes les inquiétudes que Joe avait à propos de Patrick ont disparu.

Joe et Katy ont eu des relations sexuelles ensemble.

Ils ont merdé mais Patrick ne savait pas comment le décrire.

Il n'y avait ni affection, ni amour, ni passion pour ce qu'ils faisaient.

Katy a déchiré les vêtements de Joe, l'a déshabillé et a frotté sa bite dure pendant qu'il finissait de retirer ses vêtements.

"Je veux manger ça," dit-elle en prenant sa chatte nue en coupe.

«Je veux foutre en l'air», insista Katy, poussant l'homme sur le lit.

Elle a grimpé sur lui, guidant sa bite dure dans sa chatte et rebondissant.

"Tu es fou comme de la merde," dit-il en attrapant ses gros seins.

«Tais-toi et bouge», dit-il.

"Je ne peux pas durer," gémit-il.

Il regarda Patrick, mais détourna rapidement les yeux.

Leur baise a duré quelques minutes.

«Viens en moi», lui dit Katy. "Je veux le sentir."

"Oh ouais. Putain ouais!" Dit Joe, les mains sur les fesses.

Patrick regarda le plaisir de l'homme le consumer.

Elle regarda Joe se libérer, libérant son orgasme en elle.

"Oh putain ouais!"

Katy roula hors de lui.

Allongée à côté de lui, elle l'embrassa.

"Merci," ronronna-t-il.

"Donnez-moi une minute et nous pourrons recommencer."

"Peut-être plus tard," dit-il en hochant la tête vers la porte.

"Vraiment?"

"J'ai dit que je voulais baiser, c'est vrai. Nous avons baisé. Maintenant va te faire foutre," lui dit-il.

Joe avait l'air confus, mais il est sorti du lit, a mis ses sous-vêtements et son jean et l'a regardée.

"Vous êtes un monstre," dit-il.

"Vous avez probablement raison. Fermez la porte derrière vous."

Quand il est parti, elle a regardé Patrick.

"Nettoyez-moi."

Agenouillé à côté de son lit, Patrick n'hésita pas à presser sa bouche contre sa chatte usée.

Il ne se souciait pas de l'orgasme de Joe.

Au lieu de cela, il était ravi d'avoir le droit de plaire à la maîtresse.

Il a léché, léché et sucé sa chatte rasée, se réjouissant de la façon dont elle se tordait sous lui.

Il lui a donné l'orgasme qu'elle n'avait pas avec Joe.

«Assez,» dit-elle en détournant la tête.

Elle désigna le pied du lit.

Patrick n'avait pas besoin de plus d'instructions que ça.

Il se tenait contre le mur, sa bite dure dégoulinante de pré-sperme alors qu'elle sortait de sa chambre nue.

"Qui est le suivant?" il l'entendit demander.

Il semblait y avoir une dispute dans l'autre pièce avant que Ben ne suive Katy.

Il regarda dans les deux sens entre Katy et Patrick.

Même quand Katy l'a déshabillé, Ben a continué à fixer Patrick.

"Vous n'êtes pas dur," dit-elle en le frottant.

"Qu'est ce que tu vas faire?" A demandé Ben.

Katy était concentrée sur la bite molle de Ben.

Il fit signe à Patrick de se rapprocher.

Avec une main sur son épaule, elle le poussa vers le bas.

"Il va te sucer la bite pendant que nous nous embrassons," dit-elle. "Une fois que tu es dur, tu peux me baiser."

Saisissant le visage de Ben, elle pressa ses lèvres contre les siennes.

Gardant une main à l'arrière de sa tête, il poussa la tête de Patrick en avant.

Patrick ouvrit la bouche, prenant la bite molle du jeune homme entre ses lèvres.

Ben n'était pas dur, mais il n'était pas doux non plus.

Son sexe était plein, mais pas assez pour être dur.

Quand Patrick a sucé, il a senti la bite de l'homme grandir.

Il entendit les deux gémir dans la bouche l'un de l'autre alors que la bite de Ben trouvait sa force.

"Tu veux baiser ou tu veux finir dans sa bouche?"

"D'accord," dit Ben, les regardant avec la même expression aux yeux écarquillés qu'il portait depuis leur arrivée. "Si je finis pendant qu'il me suce, est-ce que ça me rend gay?"

"Pas toi, mais ça fait de toi un fils de pute," dit Katy en riant.

Elle poussa le visage de Patrick contre l'entrejambe de Ben et embrassa à nouveau l'homme, laissant Patrick l'achever.

Patrick ne savait pas à quoi s'attendre.

Il n'a jamais envisagé l'idée de sucer une bite.

Il sentit un rougissement chaud se glisser sur son visage quand Katy lui fit remarquer qu'il était maintenant un fils de pute, mais cela passa rapidement.

Il aimait se faire sucer la bite et il essayait de faire ce qu'il aimait lui faire.

Elle fit rouler sa langue sur et autour de la tête de la bite du jeune homme.

Il secoua la tête d'un côté à l'autre, sachant que ça lui faisait du bien quand ça lui était fait.

Elle sentit la bite de l'homme, c'était intéressant, et elle réalisa que l'homme atteindrait bientôt l'orgasme dans sa bouche.

Ne sachant pas comment se préparer à l'expérience, elle garda un rythme soutenu et l'attendit.

Quand cela arriva, la force du premier jet contre le toit de sa bouche le surprit, mais ne le bâillonna pas.

Le sperme de l'homme avait un goût légèrement amer, mais ce n'était pas désagréable.

"Tu penses qu'on peut baiser aussi?" A demandé Ben.

"Un orgasme pour chaque client," dit Katy en s'éloignant de Ben. «Je dois faire pipi,» dit-il en sortant de la pièce.

«Avez-vous déjà fait ça? Demanda Ben en enfilant son pantalon.

"Non," dit Patrick.

«C'était bizarre?

"Pas vraiment. C'était bien."

Les yeux de Ben revinrent sur la bite dure de Patrick.

Il jeta un coup d'œil à la porte ouverte, haussa les épaules et termina de s'habiller.

«A plus tard mon ami», dit-il.

***

Patrick se tenait au pied du lit pendant que Katy et Tom se mettaient au travail.

Tom était plus saoul que Joe.

Une fois nu, il ne se souciait pas du manque de préliminaires de Katy.

Il a giflé le cul nu de Katy.

"Es-tu prêt pour ça?" Je demande.

"Vas-y," dit-il en se laissant tomber sur le lit.

"D'accord," dit-il en ouvrant le devant de son pantalon.

Sans baisser son pantalon plus que ses fesses, il tomba sur Katy et se mit à la baiser.

"Fais-le, putain de mec. Viens pour moi."

"Oh ouais, bébé. Je vais le faire," promit-il.

Il se déplaça plus vite, secouant le lit de Patrick, mais ne dura pas plus longtemps que Joe avant de se cambrer et de venir.

«Comment était ce bébé?

«Moyen», dit-elle en l'éloignant d'elle-même.

"Oh ouais? Donnez-moi une minute et je vous montrerai à nouveau," dit-elle en s'asseyant sur le lit et en griffant ses seins.

Katy écarta sa main.

"Tu as eu ta chance. Maintenant va te faire foutre."

"Pourquoi alors le faire avec lui?"

"Peut-être," dit-elle. "A moins que vous ne vouliez l'essayer vous-même d'abord."

"Va te faire foutre," dit Tom, se levant et remontant son pantalon. « Tu veux que je renvoie Joe ?

"Non, j'ai fini. Rentrez chez vous."

"Ah, ne sois pas comme ça, bébé."

"Ne fais pas comme quoi ?"

"Je ne sais pas, une salope ?"

Katy sauta du lit dans une vague de mains agitant, giflant l'homme beaucoup plus grand.

"Comment diable m'as-tu appelé ?"

« Hé, hé, hé ! Je plaisantais, » dit-il en s'éloignant.

"Sortez !" hurla-t-elle en le suivant dans le couloir. "Vous tous. Allez vous faire foutre."

Patrick a entendu des objections confuses.

Il entra dans le couloir, debout derrière la Maîtresse, les bras croisés.

"Tu as entendu la femme. Va te faire foutre avant que ce soit à mon tour de te baiser."

Cela semblait convaincre les jeunes hommes qu'il était temps de partir.

"Putain de pédé !" Cria Tom, le dernier à sortir.

CHAPITRE 13

"Bon travail," dit Katy en se retournant et en lui souriant.

Tirant sur sa main, elle le conduisit à son canapé.

Il éteignit la télévision, s'assit et écarta les jambes.

"Tu veux toujours manger cette chatte?"

Une partie du sperme de Tom s'était échappé de sa chatte et coulait le long de sa cuisse.

"Oui, Maîtresse," dit Patrick en s'agenouillant.

Tenant son mollet, il commença à lui lécher la cuisse, sa langue traçant la longueur du sperme.

Prenant son temps, il lécha le reste de sa chatte rasée avant d'enterrer sa langue entre ses lèvres inférieures.

Katy se tortilla et gémit de plaisir encore et encore avant de l'arrêter.

«Assez,» dit-elle en le repoussant.

Berçant son visage mouillé, elle le considéra un long moment.

Se penchant en avant, elle l'embrassa, poussant sa langue dans sa bouche.

"Tu aimes ça, n'est-ce pas?"

"Je t'aime bien, Maîtresse," admit-il.

«Asseyez-vous,» dit-il en caressant le canapé à côté de lui.

Se penchant en avant, il ramassa une pince à épiler laissée sur la table basse.

Elle les mit à ses tétons avant de balancer sa jambe sur lui, le regardant à califourchon.

Elle s'est positionnée juste jusqu'à ce que sa chatte chaude et humide glisse autour de sa bite dure et douloureuse.

Elle s'installa sur lui, sans bouger.

Sa bite palpitait follement en elle, menaçant d'orgasme rien d'autre que la sensation d'elle autour de lui.

Katy lui caressa le visage.

"Tu as sucé sa bite." Il acquiesca. «Tu sais que ça fait de toi un pédé, non?

«Votre volonté, Madame.

Elle l'a embrassé.

«Je pense que je te crois.

«La Maîtresse devrait», dit-il, sûr qu'il franchissait une ligne en le disant, mais elle le récompensa avec un autre baiser.

Le regardant à nouveau, elle posa ses mains sur ses épaules.

Lentement, elle se leva de lui une fois avant de se réinstaller.

Une fois de plus, sa bite palpitait profondément dans le besoin.

«Je voulais ça depuis longtemps», lui dit-il. "Depuis avant le début de notre match."

Patrick la regarda sans savoir quoi dire.

Décidant qu'il valait mieux garder le silence, il le fit.

Elle se leva de lui et redescendit, souriant quand sa queue palpitait à nouveau.

"Combien de fois pensez-vous que je peux faire ça avant de venir?"

"Pas beaucoup," admit-il.

«Si j'avais dit à l'un de ces gars de te baiser le cul, aurais-tu arrêté?

"Oui, Maîtresse. Votre volonté. Toujours."

"Qu'est-ce que ça fait?"

De nouveau, elle s'est levée et est tombée.

"Abandonnez-vous si complètement. Comment vous sentez-vous?"

"Céleste."

"Et si je vous quitte tout de suite?" demanda-t-elle en s'éloignant.

Elle le repoussa, s'asseyant plus près de ses genoux alors que sa bite dure dansait dans les airs.

«Serait-ce cruel si je vous laissais si dur?

"Votre volonté."

"Dois-je utiliser la pelle à nouveau?"

"Votre volonté."

«Et ça ne vous dérange pas? N'avez-vous pas besoin d'un orgasme?

"Pas autant que je pense avoir besoin de ça," dit-elle, hochant la tête vers ses pinces à tétons et signifiant tout.

"Expliquez-vous."

"Je te sens partout. Toujours."

«Même aujourd'hui quand je t'ai ignoré?

«Surtout aujourd'hui. J'étais confuse, j'avais peur que tu ne m'aimes pas, mais cela n'a rien changé pour moi.

En riant, elle s'est déplacée vers lui.

"Tu travaillais vraiment dur aujourd'hui."

Son sexe palpitait d'une force nouvelle.

Il était content qu'elle l'ait remarqué.

«À cause de vous, Maîtresse. Grâce à vous, hier, j'étais aussi dure.

Elle rit à nouveau.

"Je sais. Je l'ai entendu. Vous avez une bonne réputation pour avoir un problème."

"Oui. Vous, Maîtresse."

«C'est pour moi», dit-elle en se levant et en tombant sur lui. "Ne t'arrête pas. Donne-le moi. Je veux ça. Je veux te sentir comme si tu venais en moi, pour moi."

Elle l'a baisé avec de longs coups lents; comme si elle savourait sa sensation.

"Fais-le," ronronna-t-elle. "Viens pour moi."

Comme par ordre, bien que probablement par besoin accumulé, Patrick l'a fait.

Il est venu avec une force et une satisfaction qui ont courbé ses orteils.

Il la vit le regarder, l'étudier alors que son orgasme traversait son corps.

«Putain c'était chaud», dit-elle quand il se détendit, passé pour le moment.

Atteignant entre eux, elle frotta son clitoris, se portant à un orgasme qu'il ressentit comme une série de pressions rythmiques autour de sa bite encore dure.

«Pouvez-vous le refaire?

«Je pense que oui,» dit-il en se tortillant sous elle.

Le corps de Katy était si bon et son besoin était si grand qu'elle avait l'impression qu'elle pouvait le faire cent fois de plus cette nuit-là et qu'elle voulait toujours le refaire.

Elle se déplaçait de haut en bas, le ravissant.

"Tu es prêt?"

Se sentant comme un enfant de dix-huit ans, il acquiesça.

"Je pense que je suis."

"Non, salope. Ne pense pas. Dis-moi. Es-tu prête? Peux-tu me remplir une deuxième fois?"

"Oui," dit-il, sentant un pouls rassurant de sa queue.

"Bien," dit-elle, se balançant sur lui plusieurs fois avant de s'arrêter.

"Merde, c'est bien," ronronna-t-elle, les yeux fermés.

Restant immobile, elle prit plusieurs respirations lentes et profondes.

"D'accord," dit-elle en ouvrant les yeux. "Je vais bien."

Patrick sourit, pas sûr de ce qu'il voulait dire, mais trouva cela amusant.

On aurait dit qu'il essayait de se ressaisir.

Elle secoua la tête, passant ses cheveux noirs sur ses épaules avant de retirer les pinces à linge de ses mamelons.

Elle se frotta la poitrine, comme si elle nettoyait la douleur.

"Est-ce que ça va si je t'appelle Patrick?" elle a demandé.

C'était la première fois qu'il l'entendait utiliser son prénom.

«Votre volonté, Madame.

Katy secoua la tête.

"Non, c'est comme ça que je le pense. Je veux dire, peux-tu être juste Patrick pendant un moment et je suis juste Katy?"

"Je suppose," répondit-il confus.

"Non, je le pense. Ce n'est pas un ordre, c'est juste une question. Je veux juste être Katy et Patrick pendant une minute. Pouvons-nous faire ça?"

«Oui, je suppose,» répéta-t-il. "Un moment étrange."

«Je sais,» dit-elle et elle semblait nerveuse. "Mais c'est important et je veux la vraie réponse." Il acquiesca. "Quand tu es mon esclave, y a-t-il quelque chose que tu ne ferais pas pour moi?"

"Tuez quelqu'un," dit-il en haussant les épaules. "Mais ce n'est pas vraiment un jeu de sexe, n'est-ce pas?"

"D'accord. C'est comme ça que je veux dire. Sexuellement. Y a-t-il quelque chose que vous ne feriez pas en tant qu'esclave sexuelle?"

"Je ne peux penser à rien," dit-il, sa bite palpitante en accord avec lui.

"Parce que?"

"Parce que c'est amusant?" il a offert.

"Est-ce amusant de recevoir une fessée?"

"D'une certaine manière," dit-il. «Je veux dire, ça fait mal, mais tu le fais pour une raison. Ça fait plus mal quand je te laisse tomber.

"Alors si je voulais te voir être violée en groupe par des cyclistes, le feriez-vous?"

"En tant qu'esclave, oui."

«Et comme Patrick?

"Désolé, je ne peux pas aimer ça," rit-il.

"Mais tu as sucé sa bite."

«Mais pour Maîtresse, même si tu as assez chaud, je le ferais probablement aussi pour toi.

"Vraiment?"

"Probablement pas," admit-il. "Peut-être je ne sais pas".

Elle s'est déplacée contre lui.

"C'est bien?"

"Il fait chaud comme l'enfer, mais je vais bien."

"Peux-tu m'embrasser? Je veux dire, comme Patrick. Peux-tu m'embrasser?"

Se penchant en avant, il le fit.

Il n'était pas sûr de ce à quoi elle s'attendait, alors il l'embrassa comme n'importe quel amant.

Pendant que son baiser restait, il glissa sa langue dans sa bouche et apprécia le moment.

"Comme ça?"

"Oui, c'était bien."

Il avait senti sa chatte se contracter pendant leur baiser.

Sans qu'on le lui demande, il l'embrassa à nouveau.

Comme avant, elle se tortillait et sa chatte tremblait.

«Une fois, j'ai eu une petite amie qui m'a dit que toutes les femmes devraient avoir au moins une liaison avec un homme plus âgé.

"C'est rare?"

"Non, ça va. Il avait raison. Les personnes âgées vont mieux."

"Les hommes plus âgés deviennent idiots pour un joli visage."

«Juste pour le visage? demanda-t-elle et ils rirent tous les deux.

"Eh bien, le visage et d'autres choses," dit-il en caressant ses longs tétons dodus.

Quand elle se pencha en arrière, cambrant son dos, il léchait, suçait et mordillait ses tétons.

"Ne t'arrête pas," dit-elle en se levant pour l'embrasser avant de se pencher en arrière pour lui offrir à nouveau sa poitrine.

Patrick ne s'est pas arrêté.

Il a sucé ses seins comme il le ferait si elle était sa petite amie.

Il caressa son petit cul serré, sentant la chair ferme de son cul.

Quand elle se tortilla, il passa ses mains sur ses hanches.

La guidant de haut en bas, ils s'embrassèrent et baisèrent.

Contrairement aux jeunes hommes avec qui il avait baisé cette nuit-là, Patrick a pris son temps.

Il l'a fait avec passion, la prenant comme s'il avait l'un des lapins de fitness du club de santé s'il en avait l'occasion.

Il n'a pas été surpris quand elle est venue et ne s'est pas arrêtée.

Il l'amena à un deuxième orgasme, trouvant cette fois son propre orgasme avec le sien.

«Merde, Patrick» dit-elle en le serrant dans ses bras. "Vous êtes doué."

"Toi aussi," dit-il, la tenant jusqu'à ce que sa respiration revienne à la normale.

"Est-ce que je peux prendre une douche?"

"Bien sûr," dit-il en la libérant.

"Tu pourrais me laver le dos si tu veux."

CHAPITRE 14

Lavée et séchée, elle lui tenait la main alors qu'elle retournait au salon.

"Nous sommes toujours Patrick et Katy, non?" elle a demandé.

Il acquiesca. "Eh bien, ce n'est pas grave si je fais ça correctement?"

Elle le poussa sur le canapé et remonta sur ses jambes.

Elle caressa sa bite et ses couilles jusqu'à ce qu'il soit à nouveau dur.

Souriant, elle le remonta.

«Je ne suis pas ivre,» dit-elle en l'embrassant.

"Vous étiez avant."

«J'étais content», admit-il. "Mais pas ivre."

"Intéressant."

"Tu me crois quand je dis que je ne suis pas ivre maintenant?"

Patrick hocha la tête.

S'il l'était, assez de temps s'était écoulé pour qu'elle se sente sobre.

Après s'être à nouveau embrassés, elle s'écarta.

"Je vous remercie."

"Parce que?"

"Pour m'avoir fait sentir la différence entre le vrai Patrick et l'esclave Patrick." Elle l'a embrassé. "Cela me donne plus envie de ça."

"Vouloir que?" s'enquit-il, se demandant si son jeu était terminé.

«Ça,» dit-elle en ramassant la pince à épiler qui était toujours assise sur le canapé.

Elle grimaça après avoir attaché le premier à son mamelon droit.

"WOW," dit-elle, surprise de voir à quel point ça faisait mal.

Il attacha le deuxième à son mamelon gauche.

Elle le descendit, prit la pelle et la lui tendit.

"Maintenant c'est à ton tour. Fessée-moi."

FIN

www.ingramcontent.com/pod-product-compliance
Lightning Source LLC
LaVergne TN
LVHW040953150826
845672LV00002B/678

* 9 7 9 8 2 3 0 8 2 7 5 6 6 *